U0527440

汪国真

经典代表作 II

作家出版社

目录

远行,方有一种心境

蝴蝶 .003

失落的村庄 .004

四季 .005

愿看你从容 .006

英雄 .007

虞美人 .008

美丽不需要化妆 .009

历史从来不会停下脚步 .010

高贵的品质 .011

生活美好 .012

随想 .013

历史有时让人发冷 .014

后人遗忘的事情 .015

且让心愿飞 .016

相知不在于距离 .017

名人 .018

不要总说"好吧" .019

冬天 .020

浮想 .021

风格 .022

有一种深情叫忠诚 .023

远行,方有一种心境 .024

记忆的雪地 .025

过去的百叶窗 .026

最初的湖莲 .027

历史的遐思 .028

一片绿草地 .030

一次,便是永远 .031

你在回忆 .032

多少时候 .034

梦中的画廊 .035

生活告诉我们 .036

在往事激滟的波光上 .037

感谢磨难 .038

黄昏的小路 .039

往事如烟 .040

何必问彼此的姓名 .041

收割 .042

旧地 .043

落日山河 .044

更把琴声抚向夕阳

都市风景 .047

手帕飘成了云彩 .048

我们一同回家吧，夕阳 .049

一处风景 .050

你 .051

寂静的山野 .052

一叶秋黄 .053

天籁 .054

晚祷 .055

读诗的心情 .056

危难时刻，人们挺身而出 .057

江南 .058

若我留在那里，别哭 .060

心中的诗和童话 .063

夜雨敲窗 .064

蝴蝶谷 .065

红叶做成的书签 .066

飞天 .067

倾听寺院的钟声 .068

春日心语 .069

湖水清清 .070

夙愿 .071

赠我一只苍鹭 .072

有一次碰杯 .073

酒 .074

鹰 .075

海的温柔 .076

故园 .077

北海夜景 .078

更把琴声抚向夕阳 .079

假日 .080

鼓浪屿 .081

你从季节里走来

小鸟、大树和土地 .085

海之子 .086

海之恋 .087

叠不起的心绪 .088

思念是风是云是婵娟 .089

你就是我的梦 .090

无言的凝眸 .091

有一种语言 .092

知音 .093

不要让爱成为负担 .094

星星是我送给你的钻石 .095

走近你 .096

不再是往日情怀 .098

你的美丽 .099

谁能让爱远航 .100

成功有时就是那么简单 .101

初恋 .102

爱的交响 .103

爱的片段 .104

有你的日子总是有雨 .105

问远方 .106

千年的等候 .107

你从季节里走来 .108

春天所以美好 .109

爱你，不需要理由 .110

爱情像一杯清茶 .111

我的心你可懂得 .112

偶感 .114

远离爱情 .115

原来那是一份思念 .116

珍惜过去 .117

永在一起 .118

沉默就是我们的语言 .119

什么时候 .120

遥远的等候 .121

今夜有风 .122

其实我对你很在乎 .123

高山流水 .124

慈母心 .125

岁月，别怪我太挑剔

我乘着风儿远游 .129

走向苍茫 .130

世事望我却依然 .131

痛苦是成熟的代价 .132

不因小不忍 .133

你就是你 .134

岁月，别怪我太挑剔 .135

内心的召唤 .136

如果 .137

成长是河流 .138

你能成了谁的红拂 .139

魅力总是这样 .140

保持一份安宁 .141

让希望在废墟中诞生 .142

真香无让 .143

幸运并不可靠 .144

闪光的生命不易老 .145

死去的生 .146

生命中最可宝贵的 .147

时艰玉可作石 .149

嫁给幸福 .150

问琴什么做弦 .151

远离 .152

不是，是什么 .153

这个世界 .154

成功是出色的平凡 .155

插曲 .156

一切任由人说 .157

请把那月光收藏 .158

悔 .159

一切皆在己手 .160

把自己融入自然 .161

生命的真实 .162

生活常是这样 .163

记忆的门 .164

依然存在 .165

去远方 .166

真想 .167

还有一支春天的歌

毕业 .171

让生命和使命同行 .172

高傲不是高贵 .173

欣赏 .174

让光明多一点 .175

这是一个难忘的假期 .176

如歌的青春 .177

我有一个希望 .178

我只知道 .179

女孩 .180

不曾改 .181

让我们把手臂挽起 .182

必须坚强 .184

只比苦难多一点 .185

活得真 .186

追求并不是梦 .187

留一颗心给尊严 .188

我并不孤独 .189

并不在于 .190

青春的风 .191

挡不住的青春 .192

美丽的季节 .193

青春不承认沙漠 .194

年轻真好 .195

我就是我 .196

我喜欢绿色 .197

生命的堤岸 .198

在这个年龄 .199

还有一支春天的歌 .200

我放飞雪白的鸽子 .201

请听我说一句话 .202

一双含泪的眼睛 .203

远行,方有一种心境

蝴蝶

蝴蝶是会飞的花朵
动人得使芬芳失色
尽管后来成为标本
它的身影
依然在记忆中轻盈飞过

美丽有一种力量
使人心变得脆弱
人心有一种美丽
胜过了聪睿与深刻

失落的村庄

我没有打败你
是你打败了自己
你想撕去的是一百年后的日历

你把那一天
想象成为你绽放的含笑花了
可是　你的眼睛
并非能穿透漫长的风雨

你感到心在不断受伤
因为失去了今日的村庄
有什么理由轻视今日的建筑呢
谁能够证明
昨天的灿烂
今天就不再辉煌

四季

凉风　惊落无数叶
一时满地皆黄
生命　总是在无奈的时候
才发现难以同规律对抗

白雪　迎着晨光
怀着恐惧和渴望
惊蛰　在冷雨中吟哦黄昏
不禁生出对浓荫的遐想

愿看你从容

有一些不肯飘落的故事
总成提醒
只好把它深埋在大地之中
我们不能老是这样为往事感伤
甚至恨不能去守望
古刹那苍茫的钟声
古老的河流
赋予我们的除了生命
还有一道长长的纤绳
更别忘了北方亲切的白杨林
和江南含笑的烂漫花丛
别站那么远那么孤零零
我欣赏你的独立
却不包含你的表情
真的　你
很聪睿很飘逸很迷人很生动
如果你能在风中在雨中
在冰雪中
从从容容

英雄

英雄总是那么孤独
谁能识得那伶仃的脚步
笑看了多少风雪迷漫　艰难险阻
只有胜利的喜悦　能让他哭

擎一面旗帜
在苍茫中舞
舞得人心头热乎乎
旗帜上　汇聚了多少神往的目光
让人记住了温暖的彼岸
淡然了凶险的江湖

英雄开辟了一条路
英雄的身影像一杆潇洒风神的竹
裁断有笛声　不裁见风骨

英雄总是那么孤独
英雄啊　你并不孤独

虞美人

无尘的高雅
决胜美貌如花
虞姬的美
美在垓下

最悲的歌
是四面楚歌
最美的女人
是虞美人

美丽不需要化妆

美丽不需要化妆

那是一种清新的亮相

太多的雕饰

只能证明缺少魅力

缺少动人心魄的力量

美丽不需要化妆

化妆是因为还不够美丽

白云没有化妆

洁白中自有一种旖旎

花儿没有化妆

妩媚中自有一种芬芳

历史从来不会停下脚步

历史从来不会停下脚步
待见那些穷经皓首的腐儒
一位哲人说得真好
生活是长青之树

白雪飘落芜蘅
真理方能陷落心城
是谁向你敞开了大门
太阳照耀金光熠熠的屋顶

岁月淘汰了的叫做平庸
平庸的玩意儿根本不要指望永恒
一时的喧闹什么也不能够代表
悠远动听的是旷野中的一支竹箫

高贵的品质

不陌生的似乎只剩下漏卮
还有几人了悟旧时的宫尺
凡酒都已沾上了文化
有许多珍贵的东西
总是让人在貌似高雅中丧失

不是繁华就能令人向往
人们开始懂得躲避
缺少鲜花的城市
有几个所谓艺术天才
自诩是一面旗帜
可是谁相信他们手中拿着的不是鸡毛
而是开启心灵之门的钥匙

人云亦云谈得上什么辨识
独立思考是一种高贵的品质

生活美好

让心灵被诗歌照耀
让音乐流进细胞
让花儿在眼前开放
嗅一嗅春天的味道
生活美好

让烦恼在秋天枯萎
让阴郁像烟尘散掉
让自卑落叶一样流走
听一听百鸟的啼叫
生活美好

让幻想被现实代替
让向往耸起更高的目标
让心愿像一只永生的太阳鸟
看一看自然的美妙
生活美好

随想

星星眨着眼睛

那是栌叶飘上了天空

夕阳照在水平面上

像秋天里的香山

火一样的红

憧憬似海里的艨艟

心境却像一叶小舟

最赏心悦目的当是

夏日池塘里

既靓且雅的芙蓉

历史有时让人发冷

历史有时让人发冷

里面有太多阴谋和血腥

比如　断剑刺胸

却没有发出响声

比如　以阳光的名义出现

遮盖杀戮的过程

不论舞台下藏了什么

胜利者都会得到歌颂

后人遗忘的事情

既然过于普通

就不要指望沧桑

把平庸变成古董

即使有一天成了

古董

也不要奢望价值连城

今日的珍宝

岁月会使她变得更加璀璨

而那些美妙的一厢情愿

早已成了一些

被后人遗忘的事情

且让心愿飞

固执地把错认为是对
向你关闭了原本敞开的心扉
让无辜的你恨不得怒发冲冠
让脆弱的你恨不得流泪

如果误解难以解释
不如坦然面对时间的流水
不论花儿绽与落
且让心愿飞

相知不在于距离

相知不在于距离
也许　这是网络创造的
一个奇迹
深知却必须走近
还要披挂上时光的蓑衣

过去的一切
能铭刻的寥寥无几
属于这寥寥无几的
都是最魅人或最烦人的记忆

名人

我相信
这不完全
是由于一种机遇
宛如花朵
盛开自有它的道理

我也相信
你的光华
所以会转瞬即逝
是因为你的绽放
太多地依赖节气

不要总说"好吧"

不要总说"好吧"

我们毕竟不是池塘里

只会单调重复的青蛙

既然有思想

那就让思想昂首

既然有意志

那就让意志挺拔

既然厌恶虚伪

那就让任何虚伪构成的建筑

全都无可挽回地崩塌

还要学会说"不"

是的——不

即便在美妙的时刻

这也可以是最为出色的回答

在否定的灯标旁

那条美丽的帆船

正向着黛色的远方进发

冬天

冬天不是死亡

只是生命的一次退让

在雪压冰欺的泥土下面

椴树的根须仍汲取着

大地的琼浆

金钟花也没有死

它正应合着古老的节奏

积蓄着力量

当四月响起了铃铛

看吧　依然是水苍苍　山莽莽

浮想

有一些仇恨
总是不能随黑夜埋葬
仿佛点点闪着蓝光的磷火
在心灵的荒野里游荡
有那么多眼睛渴望和平
可是人们还是要正视死亡
蓝天上那洁白的鸽子啊
是否知道
也是在从前的废墟上飞翔

风格

不是因为格外美丽
不是因为异域沧桑
风格
自有一种力量

有一种深情叫忠诚

有一种深情叫忠诚

有一种诗句血凝成

有一种生活风雨里

有一种回首是前行

有一种男人叫血性

有一种道路叫憧憬

有一种幸福叫充实

有一种人生叫永恒

远行,方有一种心境

夜阑人静
偶闻遥远的吠声
在这远离故乡的地方
月光清凉如水
树影婆娑如梦
思绪缓缓地流动

忆起少年往事
往事像窗外的流萤
有几多可笑　几多可恼
全被岁月——抚平
不知为什么
今夕　会想起太多
或许
远行,方有一种心境

记忆的雪地

当世界转瞬间改变
不免有时黯然神伤
不知是该紧紧抓住以往
还是该早一点儿忘掉以往的模样

如果纯真失去了
又怎么能再失去向往
如果向往模糊了
又怎么能不把心灵擦亮

让回忆中的雪地总是很白很白
让感情的潮汐总是连着浩瀚的海洋

过去的百叶窗

过去的百叶窗已有些古老
古老的东西总有点儿味道
站在房子中间
抚摸洒进屋内的阳光
一缕缕一道道
悄然之中感情有点迷蒙
眼泪有点缥缈

最初的湖莲

了解你

是在你走了很久以后

仿佛不经意旋开了

一个不引人注目的瓶子

才发现这原来竟是一瓶

酿造在遥远年代的酒

无法与你痛饮

是我深深的遗憾

从此

生活常常像一个垂钓者

心思却不在钓竿

即使从今以后

再不会错过

可是毕竟错过了你啊

风

吹动的

总是记忆中最初的湖莲

历史的遐思

人生可以有涯
风月却是无边
戎马倥偬的岁月中
犹能拨响
闲的琴弦　抒写爱的诗篇
那才是真浪漫

月儿一弯
照战马低鸣
也照画眉深浅
照离人泪　杨柳岸
也照慈母手中线

纵你有神机妙算
又谁能识透
谋臣的心思　帝王的机关
君知否　常常是
殿上风光和泪眼

殿下繁华心黯然
官场愁多计恨少
杯中酒浓总觉淡
能了却的是残生
不能了却的是心愿

历史的衣袖悠悠一挥
挥去的便是千年
才情的五指轻轻一攥
攥住的便是那
唐诗宋词　元管明弦

一片绿草地

白云飘在湖泊的怀里
湖泊睡在自己的梦里
恋人走进我的诗里
我的诗洒落在芳香的泥土里

有一天
白云变成了白莲
湖泊醒来在氤氲的晨曦
恋人成了心上的肖像
我的诗成了一片绿草地

一次，便是永远

有一首
经典名曲
名字叫以吻封缄
不知不觉
听了许多年
忆了许多遍
这就是魅力吧
一次，便是永远

你在回忆

你在回忆幸福
是否因为现在的痛苦
是否蓦然发现要引经据典
却忘了出处

你在回忆年少
是否因为现在的老
英雄暮年
是否只有在回忆中
你才能找回往日的
风采与骄傲

你在回忆初恋
是否因为现在的孤单
当你站在秋风里
是否在感伤那落叶片片

你在回忆中度日

你真的老了
老到只拥有回忆
那满天的雪花
也成了飞舞的碎片

多少时候

寻你寻到哪天
觅你觅到哪年
放眼蓝天下
又已是青草漫蓝山
春天早已来了
可总觉得依然是乍暖还寒

心不是一口古井
却总难掀起波澜
酒并未喝多
却总仿佛雾里看花
张开闭上的都是醉眼
多少时候
结局是一声轻叹
等你难道非要等到
红叶又红　残阳更残

梦中的画廊

琴声响亮

如生命的激扬

激扬如你

秀丽的长发飘荡

飘荡成

梦中的画廊

有画廊在远方

思念便不再迷惘

从此　风便成了画

雨便成了诗

空气便成了香

生活告诉我们

蓝色的海洋
金色的沙滩
那是青春温馨的驿站
曾经走过的道路告诉我们
只要心仪　远方不远

生活还告诉我们
爱不是喜欢那么简单
牵手不是有爱就能如愿
就像不是所有的水都清洌甘甜
就像不是所有的树都绽放花瓣
我们不仅要学会争取
也要学会让时间的流水
洗去失意和忧伤
还世界一个青春焕发的容颜

在往事潋滟的波光上

走过花期
生命就不再是一张
没有涂抹过的纸
在往事潋滟的波光上
记忆曾经与黯淡和辉煌相识

那是一种向往
和平鸽衔着橄榄枝
真实的生活
却仿佛是一条
琳琅满目的街市

不如意的时候
不必匆忙向恨你或者
爱你的人解释
只要是波涛
潮落自有涨潮时

感谢磨难

感谢磨难

它有一双慧眼

帮助想成功的人了却心愿

磨难给予你坚强

磨难给予你勇敢

磨难给予你沉着

磨难给予你不凡

在很高很高的山的下面

你还是一个孩子

在很高很高的山的上面

你已是一个顶天立地的男子汉

黄昏的小路

我们总是在黄昏

放慢了脚步

踏上了小路

小路好长好长

仿佛永远没有结尾

只有序幕

没有一条道路

我们能走得这样耐心

这样幸福

走了很远很远

小路依然如故

你我却已不是当初

往事如烟

清晨的露珠　夜晚的流萤
往事闪烁在流动的记忆中
春天的青草　秋天的红枫
记忆凝固在晶莹的泪花中
慈祥的母亲有一份不变的情
哪怕盼穿双眼　望尽飞鸿
坚强的母亲有一个不灭的梦
哪怕季节艰辛　生活飘零
昨日的钟声　今日的琴声
曾经走过的道路烟雨迷蒙
今日的琴声　明日的歌声
放眼望花已满树帆已满篷

何必问彼此的姓名

既然再不能相逢
何必问彼此的姓名
留一点遗憾在心底
去填补记忆的裂缝
雨后的水洼会干
一支蜡烛也难以亮到天明
这一次邂逅不是永恒
但美好的往事会像琉檐下的风铃

收割

纵使今天不再用镰刀
却曾留下关于镰刀的记忆
夏天的太阳
烤熟了大片大片的麦地
学着捆麦子
像学着解习题
那已是很多年前的事了
可是那麦香
却飘过了时光千万里

旧地

一片旧地
使往日变得新鲜

阳光用手
清风用心
托起了记忆的花篮

思念如绿叶
渐渐舒展

这一夜
与星星相望醉眼

落日山河

我站在一片秋瑟里

看落日山河

山峰巍巍如诗

江河滔滔如歌

更有无数英雄豪杰

用情怀和热血

把山河染成火的颜色

镀成金的光泽

百川归海

万仞齐指蓝天

何等气魄　何等规模

太阳落　山河不落

那是一个民族

脊梁挺立着　血液奔流着

更把琴声抚向夕阳

都市风景

森林里散发着好闻的松脂味
远远望去
薄雾裹着的小木屋
宛若一首诗

淙淙的溪水
像日子一样从树梢上流走
活泼的松鼠
使林子更宁静

没有污染的地方
是心灵最好的栖息地
没有污染的心灵
是都市最美丽的风景

手帕飘成了云彩

绿草如茵
巨松如盖
在通往寺庙的山路上
我们停下来

蜻蜓在阳光下逡巡
树叶在微风中摇摆
一阵突来的山风
卷走了你张开的手帕
手帕在温暖的注视中
飘成了云彩

我们一同回家吧,夕阳

走向郊外

去寻远古的空旷

可是期望

早已被时光掠去

旋花与百合,只是相像

一位画家

在那里准备装饰墙上的画框

枝头上的小鸟

仿佛在唱着吉祥

我的思绪

在变得已朦胧的风中飘荡

我们一同回家吧

——夕阳

一处风景

我不知道
你的才华还要被埋没多久
人们早已厌倦了
那貌似惊人的喋喋不休

我深深地相信
不是人们读不懂你
是人们读不到你
读到你时
便领悟了发现的含义

立体的时候
你是冰是雕是冬天的妖娆
当耸立的身影消失在某一个清早
你是水是河是春天向大地的问好

你

典雅如古琴
不知怎样的一颗心
才能弹
墙上的油画
已灿烂了几百年
精致的如你的背景

仿佛为雨天和落叶而生
彳亍到哪里都让人感怀
走动是泉水
凝神是竹

寂静的山野

桦树林还有雪还有月
马和雪橇的影子
如舒伯特笔下滑行的音阶
远方村庄的灯火明明灭灭
猎人留恋山野

山野很寂静
一条溪水的声音也能
流得很远很远
昭示季节
清冽的水面上
漂浮着一片落叶

一叶秋黄

不知前行
还是却步
一叶秋黄
在风中飘泊　踌躇

要割舍就割舍得彻底
要思念就思念得痛苦
为何　却偏偏
夜里结霜晨里凝露
一条林木掩映的小径
总是若有若无

天籁

鹿群是森林的旋律
天鹅是湖水的风光
自然是心灵之花
含也富丽　绽也堂皇

别得了喧嚣
怎别得了那夏日幽篁
最悦人处
是那山一道　水一行

晚祷

在钟声的陪伴下
我远离了喧嚣
把心中的愿望说给大地听
圣洁的感觉是真美妙

我不是想躲开尘世
躲开岁月的迢遥
我只是想
保持心灵纯净如水
不想听乌鸦的聒噪

出家人
不打诳语
不出家的人
难道就做不到

读诗的心情

残垣爬满了枯藤

那是因为岁月凋零

大地开始返青

那是因为春天已经睡醒

我不想打开窗子

是因为我不想看到

污染了的天空

溽闷的日子里

渴望清凉的风

你可知　那就是我

读诗的心情

危难时刻,人们挺身而出

巨大的灾难
考验着一个古老的民族
这个民族赢得了世界的尊敬
危难时刻,人们挺身而出

挺身而出
民众有炽热的血液
挺身而出
军队是撼不动的中流砥柱
挺身而出
关怀是溽热中的凉风
挺身而出
大爱是干涸中的雨露

挺身而出
世界重新认识了伟大的中国
挺身而出
东方屹立着一个不可战胜的英雄民族

江南

一把青伞

便生动了一个江南

寂寥的天空

斜飞的除了细雨　还有紫燕

袅娜的柳枝

踹跶的睡莲

吱吱呀呀的是那

古老的乌篷船

是谁拨响锦瑟

让人忆起了华年

心绪如潮

耳畔依稀回荡激昂的广陵散

愁不能多

多了就憔悴了容颜

情不能少

少了就委屈了无限江山

大丈夫的人生
就在那不多不少之间

哦 江南
眼里的江南
由伞而生
心中的江南
与诗为伴

若我留在那里，别哭

报载，一个军人赴川救灾前发短信给女友：若我留在那里，别哭……

若我留在那里，别哭
如果我回不来
那一定是因为我已找不到回家的路
曾经美好的一切
我永远都会记得
如果春天来了
那里盛开的百花丛中
有我为你绽放的火红的一簇

若我留在那里，别哭
我要用行动给爱和生命
写一本无字的书
你是会读懂的
因为这本书的序言
早已写在我们走过的

大地的字里行间

眺望过的蓝天的白云深处

若我留在那里,别哭

眼泪不该是爱的归宿

像从前一样青的是山

像过去一样绿的是树

像以前一样虔诚的是我对你的祝福

若我留在那里,别哭

你一定要好好生活

不管前面是风是雨还是雾

我去了,义无反顾

此刻,巨大的悲痛

已经让整个民族泪眼模糊

军人也有眼泪

更有责任和坚强

相信我吧
爱情和使命都让我
——全力以赴

心中的诗和童话

雪轻轻落下

那是多少人心中的

诗和童话

这是开得最短暂

也是开得最多的花啊

凉凉的

却不知温暖了

多少心灵的家

夜雨敲窗

夜雨敲窗　夜雨敲窗
今夜的雨比往日多了惆怅
身上感觉到冷
是因为心里有点儿凉
在乍暖还寒的日子里
总是渴望萱草一样的目光

向往高处
高处有连绵不绝的风光
可高处风也很大啊
很大的风里　难以握住安详

夜雨敲窗　夜雨敲窗
清愁和清爽一样悠长

蝴蝶谷

花朵已经很美
更美的花朵会飞
来一次便再难忘却
只这名字便不饮也醉

会飞的生命很短暂
可记忆的美好却很久远
去看看这美丽的王国吧
体会那蓝天下的遗憾和无憾

红叶做成的书签

每天已习惯于思念
宛若每到傍晚
都会捡起夹在书中的
那枚红叶做的书签

那红叶是我们的历程吗
青时是情缘
红时也是情缘

那红叶是我对你的情感吗
样子可以残破
颜色却不会改变

那红叶是我们的未来吗
无论怎样枯槁
都能感受到一双熟悉的目光
目光是那样温暖

飞天

飞天一飞就是千年

不知跨越了

多少个洞箫般悠远的世纪

飞天一飞就是万里

从茫茫黄沙戈壁

到嗅到海洋蓝色的气息

飞天很普通

让每一双瞳孔都能感觉她美

飞天很神奇

她的美无与伦比

飞天不说话

但她的沉默

却胜过了无数的

锣声鼓声　风言风语

倾听寺院的钟声

庙宇因为有佛
便高出了一切大厦
无论怎样尊贵的头颅
在这里也曾悄悄低下
更无需说不论怎样的山高水远
也不能动摇朝拜者的步伐
那四季不灭的香火
飘浮着最虔诚的表达

我来这里
并不是为了诉说
而是面对那金色的庄严
我会感到心灵的净化
于是,在城市的喧嚣中
我常常向往
倾听寺院那悠远的钟声
一下 一下

春日心语

不是你的一切都喜欢
就像最佳的风景
也会留下
一点儿遗憾

或许有一点儿遗憾
你更显得真实
真实的你
在梦与现实的边缘

江水奔流长又卷
夕阳映树红万片
握你的手如握晚风
凭黄昏　任驱遣

湖水清清

风的迷蒙雨的清醒
蓝天下
湖水里映着锈迹斑斑的青铜
我感叹的是
眼里　满是清清的湖水
心里　何时方能
湖水清清

夙愿

总是在寻找一种

美丽的感觉

却空耗了许多

如水的岁月

不知抛却了多少

月下之约

只为了保留那份

珍贵的纯洁

那颗心

很高很高

叹只叹

命却很薄很薄

这个世界毕竟太大啊

那份缠绵

又到哪里去找

纵使常抱一怀惆怅的月光

终不甘洁白的夙愿难偿

多少人向岁月投降

她却比岁月更坚强

赠我一只苍鹭

你画了一只鸟
我知道它的名字叫苍鹭
你却偏偏写上了它的俗称
——老等
老等
没有苍鹭好听
可是却写尽了
一种令人心颤的感情
还是赠我一只苍鹭吧
让我只联想水库和湖泊
或者鱼蛙与昆虫
苍鹭会飞
老等,让我感觉太沉重

有一次碰杯

想礼节性地同你握手
却只是握了握拳头
是为了把那点局促
从指缝间都挤走

我的故事
已另写一章
你的作品
是否也有新开头

我们碰杯的时候
再没有像从前那样
碰出火花
却把记忆碰缺了口

酒

平展展的紫绒布上
站立着一只
晶莹的高脚酒杯
杯里装的是色酒

这酒香醇得不能喝
能喝的酒醉一天
不能喝的酒醉一生

鹰

因为你的悬挂
蓝天便成了一幅壁画
天空的嗓子发不出声音
大地的表情一片肃杀

因为你的悬挂
蓝天便成了一幅壁画
许多人凝神观望
有的人却流出了泪花

因为你的悬挂
蓝天便成了一幅壁画
你是孤独的
孤独方可傲天下

海的温柔

寂寞的时候
便低下了头
留一个影子在身后
欢乐的时候
便抬起了眸
送一道波光在时空里走

柔情似水
总是很静很静
很静
是海的温柔

故园

这就是故园
蓝色的海浪
冲刷着金色的沙滩
橙色的太阳
映照着回归的白帆
雨滴敲打着绿色的棕榈
清风吹开了火红的木棉
一个穿紫色长裙的女孩
走在青石板路上
打着一把赭石色的小伞

北海夜景

春柳
垂下柔长的发丝
晚妆

风儿
吹起一层层细浪
小船　在岸边打着
瞌睡
惟有高高的白塔
很安详

那幽径　那曲廊
不知记录了
多少绿色的梦幻
有的悱恻
有的凄凉
只是当朝晖
抖落夜的幕布
清晨　又轻轻荡起了桨

更把琴声抚向夕阳

长风　掠过黄昏里的湖面山坡
宁静的心
不禁被风吹得一波三折
自然的美
是一种所向披靡的扫荡
她根本用不着
为了征服　先遣使者

站在湖畔
看能否依稀有些
青山的风格
更把琴声抚向夕阳
一任心灵的城堡
无声地陷落

假日

把一块蓝布
铺在青春的草地上
我们的眼睛
闪动着快乐的光芒
风暖暖地吹
蜜蜂在鲜花丛中
旋律一样徜徉

鸟儿
迅疾地从空中掠过
炫耀着矫健的翅膀
小道上　孩子用童心
摇响了手中的铃铛
游人
把心留给了自然
就像游子把思念留给了故乡

鼓浪屿

携着夕阳所有的恋情

步入你风姿绰约的身影

在你的怀抱里

月儿也香

琴声也亮

海浪也多情

向你走来的

都是你的恋人

离你而去的

都是你的情人

如果思念宛如秋叶

一片片落下

那么怀想定如春花

一簇簇萌生

走近你时

真怕有一天要远离你

欲厮守你时

又不愿失却了男儿豪情

你啊　你
折磨我的心
一会儿
如白帆般轻松
一会儿
如波涛般沉重

你从季节里走来

小鸟、大树和土地

祖国是无垠的土地

家是土地上葱葱郁郁的大树

亲人是栖息在大树上的小鸟

我爱小鸟

怎能不爱那遮风蔽雨的大树

我爱大树

怎能不爱哺育了大树的土地

小鸟、大树和土地

是风景

更是爱和生活

海之子

开始是喜欢大海
后来是喜欢你了
有着大海的气息
还拥有大海所没有的
善解人意和顽皮

木船悬挂着期望出海
螺号里起伏着蔚蓝色的呼吸
大海　螺号和白帆孕育的孩子啊
坦荡　自然而纯洁
令活得很累的我们
不仅欣赏　而且着迷

海之恋

阳光　椰树　海岸线
风把白帆送上了天
这里看不到玫瑰
却是玫瑰生长的家园

与你相遇之前
沙滩只是沙滩
当海水漫了上来
沙滩便开出了美丽的雪莲

这雪莲不仅开得美丽
而且浪漫　久远

叠不起的心绪

一片葱茏的叶子
飘落在无尘的傍晚
那是远方你的寄语
和着青春的气息
我在灯下读你
如读一行过目难忘的诗句
白杨树叶哗哗摇动窗帘
夹竹桃的芳香洒满大地
这一晚
整个儿都是你
叠起又展开的是你的字迹
展开却叠不起的是我的心绪

思念是风是云是婵娟

思念的感觉真是难缠

思念的情景真是何堪

地上的水在流　可我的心已断

天上的云不散　可我的神已乱

风雨来时　我牵挂你是否平安

思念的感觉真是难缠

思念的情景真是何堪

月在窗影上走　花在石阶上残

树在星光里摇　泪在烛光中闪

风雨来时　我牵挂你是否平安

为你祝福　面对苍天

流水记得　那个身影总在桥边

夕阳记得　那个时候总是傍晚

啊　水迢迢　山重重　路漫漫

难挡思念是风是云是婵娟

你就是我的梦

你就是我的梦
可如今这梦已成泡影
想拉住你的手却不能够
流泪的心不知不觉已是烟雨蒙蒙

悔当初为什么不向你倾诉衷情
恨今后怎独守那长夜孤灯
让我将如何面对这凉风暖风都是悲风
让我将如何怀想这过去未来都是伤痛

从今后这心中的天哪还有个晴
从今后这眼里的山哪还有个青
怕只怕秋来望那满地落英
怕只怕春来看那花如泪凝

无言的凝眸

走过荒原　走过绿洲
却走不出眼中那一片萧瑟的寒秋

找过江水　找过河水
却找不到那一条清冽甘甜的水流

望过星星　望过太阳
却望不着那一颗升起来便属于自己的问候

哦，纵有如歌的话语漫进心头
又怎比心中的你无言的凝眸

有一种语言

有一种语言
只有你我能懂
在最平凡的字眼里
隐藏着最惊心动魄的感情

这种感情又是那么圣洁
胜过了教堂的钟声
让这种默契默默成长吧
雪一样白　草一样青

知音

在淡淡的音乐中
我们相对而坐
任凭感觉像杯子里的柠檬
举起又滑落
如果话题老是重复
那还不如沉默
我们没有　永远没有
有的只是语言
总是在不知不觉中
走进朦胧　融入夜色

不要让爱成为负担

不要让爱成为负担
不要让过去的一切美好
变成了彼此的责难

感情有时像极了时间
无头无尾
痛苦有时像极了宇宙
无边无沿

不要让抱怨的阴霾
把心灵的天空尽染
如果你看不到蓝天　青草　湖泊
那是因为你没有拉开窗帘
如果你觉得孤独　无助　彷徨
那是因为你没有走出房间
情感还应像海岸
早也美好　晚也美好
心境还应像松柏
夏也依照　冬也依然

星星是我送给你的钻石

我无法送给你贵重的礼物
因为我很贫穷
我知道贫穷并不值得炫耀
请暂且把我当作末路英雄

我想送给你的很多
但我却拥有的太少
星星是我能送给你的钻石
原野是我能送给你的花园
还有一颗心　剔透晶莹

如果这样，你还愿意和我一起
就请告诉我一声
我也想对你说
虽然，有一条路叫荆棘
可是还有一种花叫紫荆

走近你

走近你

因为你的魅力

不可抗拒

仿佛云霞

留恋傍晚悠扬的竹笛

宛若恋家的夕阳

在寻觅来时的踪迹

走近你

是因为在浮躁的生活中

体会到的那缕

清凉的诗意

无论何时

人们都会倍加珍惜

那残存的美丽

走近你啊

走近你
既是为了亲近
也是为了逃离

不再是往日情怀

你用耳朵恋爱
又怎么能指望
把什么都看明白
你可知道
令你醉心的那些
甜言蜜语
不过是一席盛宴上
不可或缺的一道菜
许多事情
难以从头再来
从头再来时
已不再是往日情怀
既然　不希望有一天后悔
没有想清楚的时候
就不要出牌

你的美丽

你的美丽
无法用语言传递
任春天也不能翻译

你的美丽
花朵也无法相比
只会让花朵为此而忧郁

你的美丽
滋润着心房
那干裂的土地

你的美丽啊
是写不出的诗句
谱不就的曲

谁能让爱远航

爱只在乎相守
却不太在乎方向
放任感觉自由自在流浪
爱还有点儿像生在水边的菖蒲
根茎蕴含着香

相爱并不难
难的是像等待那样久长
我们为爱称贺举觞
爱让我们远航
可是　谁又能让爱远航

成功有时就是那么简单

成功有时就是那么简单
当别人误入歧途的时候
而你没有

成功有时就是那么简单
当别人半途而废的时候
而你没有

成功有时就是那么简单
当别人故弄玄虚的时候
而你没有

成功有时就是那么简单
当别人孤芳自赏的时候
而你没有

成功有时就是那么简单
当别人绞尽脑汁急于成功的时候
而你没有

初恋

初恋　往往没有结果
但却可能是
记忆天空中
一片最美丽的云朵

尽管那一段时光
甜蜜里常浸着忧伤
心甘情愿承受的
却是折磨

可那一段时光啊
爱得最真　没有杂质
爱得最深　深不可测

爱的交响

想让风牵着我的浪漫

飞向蓝色的海洋

想让海洋敞开胸襟

让我的思绪与珊瑚一起生长

想让珊瑚玲珑的手指

挂满五彩缤纷的音符

想让音符落在叮叮咚咚的琴键上

奏一曲爱的交响

爱的片段

等待
是丝丝缕缕的藤蔓
曲折蜿蜒

想念
是风吹动的露珠
婆娑泪眼

相聚
是枝头的小鸟
啁啾爱恋

分手
是掉在地上的花瓶
全是碎片

有你的日子总是有雨

不知是无意还是天意
有你的日子总是有雨
有雨的日子我没有带伞
雨水淋在脸上湿在心里

一生中有许多相遇
最快乐的相遇是认识了你
一生中有许多过错
最心痛的过错是失去了你

我不想让心哭泣
可又怎么面对这伤心的故事
为什么　为什么
忧伤总是期待的结局

问远方

望天上云卷霞飞

看地上小桥流水

有一件心事不知说与谁听

问远方的人何时回归

走过了春花秋月

经过了冷雨寒霜

有一件心事谁人能懂

问远方的人何时重逢

何时回归　何时重逢

共采西山枫叶红

千年的等候

月光的衣服很轻很柔
披着月光行走
永远不希望路有尽头

你的眼眸
是我心灵的窗口
就像你的希望
是我的肩头

此刻音乐不在音乐厅里
而在我们的血液里流
能和相爱的人在一起真好
为了这一天
哪怕千年的等候

你从季节里走来

春从日历中走来
你从季节里走来
走来
便是命运的安排

际遇
有时就像胡同一样窄
而与你相识
难道是上帝的青睐

我们都不会忘记
这个日子
这一天
正是春暖花开

春天所以美好

我感到幸福

因为能让你快乐

付出的愉悦

其实,能胜过获得

谁能说得清

爱与被爱

哪一个满足更多

春天所以美好

那是因为大地开满了花朵

爱你，不需要理由

爱你，不需要更多理由
只是因为暴风雪袭来的时候
你没有走
冬天的相守
便是春光的问候

跋涉中，有时路没有了
那是昭示我们
生活需要新的开始
而不表明
希望已到了尽头

爱情像一杯清茶

当你出现

爱情就像一杯清茶

来到身旁

在我眼里

那些五颜六色的饮料

没有一种

能散发永远的芳香

你笑的时候

世界仿佛也变得明亮

那拥塞的街衢

也变得很宽敞

我们一起走

走过繁华

去寻找传说中的古塔

在古塔浓重的阴影里

留下一个

闪着金色光泽的童话

我的心你可懂得

我的心你可懂得

爱上你我却不知怎样诉说

想说的愿望折磨我的心

说不出口让我的心受折磨

爱情真是一道难解的题

怕说错　更怕错过

我的心你可懂得

就像春风理解那满山花朵

我的心你可懂得

就像秋日眺望那遍野田禾

爱情真是一个难解的谜

怕错过　也怕猜错

蓝天上白云轻盈飘过

那里有我深深的寄托

夜空里繁星晶莹闪烁

那里有我心海波光折射
走近你并非因都是天涯行客
数尽缤纷心中只有一道景色

偶感

读你的信

仿佛在读一颗玻璃的心

你对我说

不是爱得不深

不是爱得不真

是爱得太遥远啊

一声喟叹

足以把道路摧断

令落英缤纷

让我怎样回答你呢

千古一道题

困扰往往来来多少人

我想　这便是一种

忧伤的浪漫吧

如果心相通

隔着千里也握手

只要志相投

一生无缘梦也真

远离爱情

即使有睿智如星

也笔笔难描爱情

爱在潺潺溪流

爱在翁郁树影

爱在每一个季节　四季常青

有时真想远离爱情

因为孤独也是一种意境

可是好似

情丝难断　尘缘未了

不是不愿　而是不能

原来那是一份思念

走进秋天
我可以感受到飘零
走进黄昏
我可以感受到朦胧
当我走进你
却什么也说不清

心里想着月季
眼睛却望着无形的风
当月亮升起的时候
我才明白
原来那是一份思念
很浓很浓

珍惜过去

不必对我说
你曾经有过的爱
是一种过错
既然你曾在繁星闪烁的夜晚
同另一个人在小路彳亍
那就在记忆里
把那如水的月光好好收藏着

不要因为爱我
就否认过去的爱
也是一种美丽
凡是真心付出过的
都不要在后来再给予指责
我不会怪你怨你
——亲爱的
珍惜过去
真心爱我

永在一起

如果你是壮丽的晨曦
不必问我的浩瀚在哪里
如果你是峥嵘的峰峦
不必问我的出岫在哪里
如果你是大漠的孤烟
不必问我的笛声在哪里
如果你是长河的落日
不必问我的奔流在哪里

我不是你的影子
但和你永在一起

沉默就是我们的语言

我们总是用心灵交谈
沉默就是我们的语言
那双眸子
表述着一切
在水为舟　在山为泉

最美丽的谈话是无声的
每一个会意的眼神
都令人感慨万千
两颗心仿佛是一样的
不一样的只是容颜

什么时候

什么时候能和你一道
去看激荡人心的长风与排浪
什么时候能和你一起
去森林采摘芬芳的野蘑菇
捧起那绿茸茸的阳光
什么时候等你的信
不再如等一份判决书
什么时候接你的电话
不再如听天堂遥远的钟响
什么时候　什么时候
思念的雨滴
不再淋漓在
一张不堪负重的薄薄的宣纸上

遥远的等候

为了一个遥远的等候

不知在风中立了多久

又一次心仪

群山和夕阳握手

又一次歆羡

黄昏向秋风致意点头

你终于还是来了

大海边上

美丽的不再只是海市蜃楼

问脚下的这条沙滩很长吗

真担心　不够我们走

今夜有风

景物已朦胧

想你

在另一座城市的天空

看晚霞　如你

美丽的脸庞

为我羞红

初夏的日子里

今夜有风

只是不知　这风

明日能吹到你那里吗

还有一片　淡蓝的心情

其实我对你很在乎

从那一刻起我才明白
其实我对你很在乎
从那一刻起我才知道
我并不聪明其实很糊涂

从此我的心被你放逐
四处流浪没有归宿
从此我的悔恨无边无际
洒满走过的大道和小路

噢
错过了的季节不能再捉住
错过了的流水不能再重复

高山流水

是去　是留
是去是留皆是愁
都是因为你啊
来得太不是时候
如果离你而去
谁能再为我弹一曲
高山流水
如果为你而留
我又怎识　天外春秋

心之域
早已是风雨满楼
你为我苍老
我为你消瘦

慈母心

半是喜悦
半是悲哀
最难与人言的
是慈母的情怀
盼望　果子成熟
成熟了
又怕掉下来

岁月,别怪我太挑剔

我乘着风儿远游

我乘着风儿远游
恨不得走到天涯尽头
再好的地方呆得太久
也能够让人发愁

我不想在热闹中感受寂寞
我不想在欢乐里生出烦忧
我愿意走向自然
喝风成餐　饮雨如酒
噢，我乘着风儿远游
远游　远游　不回头

走向苍茫

我是多么希望内心
能够笑得像外表那样轻松
可是　仿佛那深秋的景致
无论怎么繁茂丰盈
在那欢乐的背后
总隐含着些许凄清

我不想告诉你
我的苦痛
把一份酸楚
递给无辜的你
我的心　会更沉重
让我就这样
走向苍茫　走向天穹
用一颗桀骜的心
去迎接肃杀的冬

世事望我却依然

不要问我为什么惆怅
不要问我为什么无言
你知道
有一些事情难以说清
我只想独自品味孤单
不必向我诉说春天
我的心里并没有秋寒
不必向我解释色彩
我的眼里自有一片湛蓝
我叹世事多变幻
世事望我却依然

痛苦是成熟的代价

不要任由痛苦侵蚀年华

痛苦应只是成熟的代价

在没有星光的时候

心中点亮一支闪亮的火把

孤独不怕

洞箫吹出悠长的怀念

寂寞不怕

眼里何妨入远山二三青黛

耳中正可响田园五六鸣蛙

春柳轻拂

拂动波光水影

秋雁漫裁

裁破如绸晚霞

生命的美　美不胜收

生活的美

如新橙　似荷花

不因小不忍

风雨会使我们变得强壮
挫折会使我们变得坚强
一些成熟的思想
和宝贵的品质
来自于受伤

不要害怕嘲讽的目光
也不要害怕别人的蜚短流长
许多时候
沉默就是一种最好的抵抗
水一样存在
树一样成长
不因小不忍
偏移大方向

你就是你

如果你是大河
何必在乎别人把你说成小溪

如果你是峰峦
何必在乎别人把你当成平地

如果你是春天
何必为一瓣花朵的凋零叹息

如果你是种子
何必为还没有结出果实着急

如果你就是你
那就静静微笑　沉默不语

岁月，别怪我太挑剔

我静静望着季节变来变去
有时不禁拉开记忆的抽屉
总是不满意已有的那些收藏
岁月啊别怪我太挑剔

我不想向清风诉说
选择有时候是那么身不由己
我不想向皓月告白
心愿有时候也会被风暴扭曲
我不会因为海棠花的枯萎
便把生命看得毫无意义
我不奢望每一个日子都理解我
像青草理解露珠　芭蕉理解雨
我过去是怎样
走过来　还会怎样走下去

内心的召唤

时间是最公正的裁判
一时的毁誉
姑且当做妄言
只当是风的手
在弹荒野的弦

兴趣　便是心中最华美的
红地毯
何须管别人柳絮一样
唠唠叨叨　没了没完
只服从于一个声音
那是内心深处的召唤

如果

如果山河不老
什么又能使它老
如果意志不倒
什么又能使它倒

不论风天还是雨天
如果翅膀已经准备好
不论生存还是毁灭
如果勇气比死神还要高

在磨难中表现出从容
在从容中展示出骄傲

成长是河流

如果你有生存的大智慧
怎会畏惧卑劣的小谣言
虫蛇虎豹出没的地方
那是自然的动物园
一切阴谋和诡计
不妨把它看做难得的表演

磨难产生英杰
时穷出现经典
树木是正剧
野草似谎言
成长是河流
千回百转　勇往直前

你能成了谁的红拂

没了旷世豪杰

你能成了谁的红拂

遥望湖面上的星星渔火

除了一张古琴相随

剩下的皆是寂寞

任你锦心绣口

任你绝代姿色

人非松柏

岂经得住与岁月厮磨

远有千帆竞过

近有树影婆娑

一声长叹里

依旧是青灯在旁　长卷在握

魅力总是这样

何须繁复
只需轻描那
登临送目　烟柳画桥　余花落处
便胜却了人间无数

何须晦涩
不妨淡写那
解印归田　衡阳归雁　折腰争舞
便神会了蓬山此去无多路

真理总是这样
不在繁　在简
魅力总是这样
不在密　在疏

保持一份安宁

你可见遍野青草绿
你可见满山樱桃红
你可见漫漫黄沙无尽头
你可见滚滚风烟如潮涌

自然变化无穷
我却不相信什么神灵
生命中可以感知的
是一座无形的巅峰

阳光普照大地
也会留下阴影
白昼向你微笑
夜晚也会露出狰狞

凡是规律　无可抗拒
能提升的只是自己的勇敢
和在勇敢中
保持的一份安宁

让希望在废墟中诞生

春天的雪最冷
无妄的灾害更严重
我的心也如此悲凉
叫我如何抚平你的伤痛
好在,和你一样
我们都有苦难中的坚强
好在,和你一样
我们都有绝地中的英勇
让昨天在瓦砾中逝去
让希望在废墟中诞生

真香无让

因了欲望像高楼一样疯长
便有了形形色色的粉墨登场
还有了说不清的链接
还有了道不尽的上网

面对五光十色的画笔
纯洁很难再是一面
粉白的墙
可是　仍有一种珍贵的东西
总让人想　就像那
真水无香　真香无让

幸运并不可靠

幸运并不可靠

就像一张年深日久的唱片

不知什么时候就会跑调

或者 像一堆阳光下的积雪

很容易就被融化掉

可靠的只有自己

自己的辛劳

真实如岛上的石礁

增强自己的实力

如强健身体

这样 天气变幻的时候

不容易感冒

闪光的生命不易老

裂变的情感

仿佛夏日隔夜的盛宴

味道已变

样子也不再好看

既然已准备倒掉

又何必留恋

珍惜生活

努力活得像星星一样璀璨

闪光的生命不易老

它总是那么光彩

灿烂在岁岁年年

死去的生

再精致的鸟笼
也是鸟笼
笼中鸟的生活
简直是一种死去的生
伤肝伤肺怎比得了伤心
肌疼肤疼怎比得了心疼
那样一种悠闲
仿佛是流亡的总统
看似轻松　实是沉重
没完没了的辛酸
常常是袭上心头的内容

生命中最可宝贵的

外面的世界
里面的向往
都市的霓虹里闪烁着
一片喧响
你记忆中可还有故乡屋前
那一簇丁香
比夏日还烫的是人的欲望
你是否还能淡定自若
像雪花一样自由自在地美丽
而不失去主张

为了解脱没有钱的痛苦
有太多的人
痛苦地把自由赔上
为了解脱没有女人的痛苦
更有一些人
孤独地走进了永远的牢房

有些人到头也没弄明白
生命中最可宝贵的
并不在于这些那些
而在于顽强而自由地生长

时艰玉可作石

那路再远再难
我也不怕
只要不会在中途倒下

而该来的
就让它来吧
该发生的
就让它发生吧

时艰玉可作石
秋来叶能当花

嫁给幸福

有一个未来的目标
总能让我们欢欣鼓舞
就像飞向火光的灰蛾
甘愿做烈焰的俘虏

摆动着的是你不停的脚步
飞旋着的是你美丽的流苏
在一往情深的日子里
谁能说得清
什么是甜　什么是苦
只知道　确定了就义无反顾

要输就输给追求
要嫁就嫁给幸福

问琴什么做弦

每一次生命的变迁
都是由于一个难以拒绝的召唤
蓦然回首的灵感
照亮了写给未来的信笺

我们曾问过地也问过天
这个世界
是否因为你我的出现
而有了多多少少的改变

山已经很近　海依然遥远
真羡慕海不是文字却是诗篇
问笔什么做墨
——能在时间的画布上蔓延
问琴什么做弦
——能在空间的风景里飞旋

远离

远离
不是为了逃避
而是为了更好地生息
仿佛花朵的谢幕
不是为了永远的凋零
而是为了来年
开得更美丽

远离
而又回归
来去都珍藏着一份
永不褪色的情意
如果我的眼里没有泪
那是因为欣喜
如果我的眼里有泪
那是因为更大的欣喜

不是，是什么

不是你弹得好

是风把琴声送远

不是你开得好

因为此时不是春天

不是你唱得好

是因为上帝正在瞌睡

不是你生得好

是因为天上有云遮住了星星的眼

不是　不是

不是　是什么

这个世界

这个世界
有五颜六色的人
就有了乱七八糟的事情
你时不时会觉得
活得很累
甚至　想在酒杯中
找清净

这个世界就是这般无奈
有太阳就有阴影
有花朵就有杂草丛生
这个世界注定了你只能
在白天和黑夜里
快乐和忧伤中长成

成功是出色的平凡

不要急于成佛成仙
也许我们应该按部就班
踏踏实实埋下每一粒种子
认认真真过好每一天

你也许期待
粉荷盈香　花羡木怜
你也许期待
玉树临风　如日中天

其实　成功很远也很近
成功是出色的平凡

插曲

晕眩的开始

辛酸的结束

中间都是

路一样的付出

还有　激情遭遇激情

生命的挥霍无度

本想海枯石烂

没想却应了一句老话

于是　俩人背向而行

一步一步丢了幸运　盼着幸福

一切任由人说

何必解释呢
一切任由人说
无论什么样的火焰
也不能改变金子的本色

让心情轻轻松松去远方旅游
背后的一切
都留给一把锁

人生需要呐喊
有时　也需要沉默
沟渠还是沟渠
江河还是江河

请把那月光收藏

黄昏不知不觉弥漫了思绪
孤独的人
请眺望那滑落的夕阳

秋雨忽轻忽重敲打着惆怅
忧伤的人
请抓住那风的翅膀

溪水无声无息流到了心上
沉思的人
请写下你隽永的辞章

云朵时隐时现飘荡着悲伤
不幸的人
请把那月光收藏

悔

只一个悔
便把心揉碎
揉碎的心
早已是面目全非

最伤心时
哭不出眼泪
仿佛夏日
凄风苦雨中
一枝无花的干梅

一切皆在己手

有谁能参透自己的手掌
那有如沟壑的纹路
仿佛无言的上苍
说一切尽在命运
不如说一切皆在己手
只是一瞬的念想
会成了无尽的苍茫

把自己融入自然

在漂流了很久很久以后
真想能有一个静谧的港湾
让我枕着波浪轻眠
轻眠
却不是为了收起风帆

在跋涉了很久很久以后
真想能点燃一缕炊烟
围着篝火席地而坐
哑着嗓子唱歌
把悲怆的曲调轻弹

尽管心很累　很疲倦
我却没有理由后退
或滞留在过去与未来之间

就这样　就这样
在身心俱疲的时候
把自己融入自然

生命的真实

因为现实不尽美好
心灵才有那么多白云的向往
因为生活严峻
向往才用手托起温暖的月亮
责任,并不就是
整天一副冰山般的深沉状
空洞的宣言和崇高的大话
难以同有血有肉的灵魂发生碰撞
平凡就像泥土
并不意味着荒凉
激昂的未必是山
平缓的未必不是江
生命的真实为什么不能像水塘
懂得储存
也不吝啬流淌

生活常是这样

心冷的时候
你会觉得每一个
季节都凉
星星仿佛是冰做的光

其实　大地并非那样寒冷
否则
檫树怎么会摇动
满目清香

生活常是这样
你所失去的
命运会以另一种方式补偿
桂花枯萎的时候
菊花又亮新妆

记忆的门

当掌声响起的时候
泪水不由冲开了记忆的门
以前的一切苦累
都感觉值得
曾有的失落
仿佛被风吹远了的沙尘
过去的努力本不是
为了今天的掌声
可今天的情景确能够还我自尊
真高兴向世界证明了自己
向东方唱一曲　心中日升月沉

依然存在

风吹过
大树依然存在

浪埋过
礁石依然存在

阳光晒过
海洋依然存在

浮云遮过
光明依然存在

去远方

我背起行囊默默去远方
转过头　身后的城市已是一片雪茫茫
我不再想过那种单调的日子
我像一条鱼　生活像鱼缸

我不知道远方有什么等着我
只知道它不会是地狱　也不是天堂
没有人知道我是谁
自己的命运就握在自己的手掌

我不希望远方像一个梦
让我活得舒适　也活得迷惘
我希望远方像一片海
活也活得明白
死也死得悲壮

真 想

真想为你做点什么
因为　我总觉得所欠太多
你仿佛是结满浓荫的枝柯
遮蔽着我　一个疲惫的跋涉者

真想回报你以温暖
我却不是太阳
真想回报你以雨水
我又不是云朵
真想了却的心愿不能了却
这不只是遗憾　也是折磨

还有一支春天的歌

毕业

我们从这里起航

走向遥远的地方

当我们走向明天

又怎能把昨日遗忘

回首昨日

那郁郁葱葱的日子

有过青涩

也有过芬芳

更有的是

相遇　相识　相知

那瑰丽的宝藏

今天　我们流泪了

那可不是忧伤——是歌唱

今天　我们分别了

那可不是遗失——是珍藏

让生命和使命同行

我们像金鸽一样
不知疲倦地飞行
在我们飞过的地方
没有留下姓名
没必要让所有的心
都懂得我们
我们飞啊　飞个不停

我们像一支响箭
一往无前地出征
我们不是风中的墙头小草
摇摆不定
我们出征
让生命和使命同行

高傲不是高贵

高傲不是高贵
自赏不是纯粹
在晦涩和深奥的背后
可能不过是一堆
鸡零狗碎

李白爱酒
贪杯的却不一定
都是才子
而可能是落魄的酒鬼

我相信
如果真有一双翅膀
——迟早会飞

欣赏

有一种旋律古色古香

有一种情调水远山长

有一种语言箫音筝骨

有一种风景过目难忘

有一种黄昏菊魂兰魄

有一种妩媚穿透时光

有一种风格剑胆琴心

有一种人生不同凡响

让光明多一点

你觉得世界黑暗
是因为紧闭着双眼
没有任何兴致的人
怎么会不感到孤单

光明与黑暗
一半对一半
所有的耕耘都是为了收获
所有的出海都是为了靠岸
所有的努力都是为了
让光明多一点

这是一个难忘的假期

这是一个难忘的假期
我们在这里留下一段记忆
放下心中的行李
放飞手中的希冀

山是那么青
水是那么绿
笑声是那么灿烂
年轻的心不懂得哭泣

来的来　去的去
来去都有了诗意
有时阴　有时晴
眼里都是一片太阳雨

如歌的青春

像那天上的白云
像那蓬勃的山林
像那奔向海洋的江水
像那万物复苏的清晨
哦，那是如歌的青春

让憧憬向现实靠近
让现实美好而清新
让我们创造灿烂的明天
让我们把明天献给母亲
哦，那是如歌的青春

我有一个希望

你说
你把青春都给了泪水
我不知道
你为何如此伤悲
只是在下雨的时候
我才见过花的眼泪

我有一个希望
如果要哭
就留给生命辉煌的时刻
那时流出的不是眼泪是露珠
它会使你更美

我只知道

请不要对我
奢谈高雅　冒充深刻
对于那些
纸上谈兵的大言不惭
对于那些
似是而非的废话
历史从来就没有青睐过

我只知道
是花就应该香着
是草就应该绿着
是山就应该耸立着
是水就应该清澈着
是好诗　就应该在人们的
心中
——活着

女孩

今日的眼眸里
依然闪烁着
昨夜湖水的波光
袖口边儿
还飘散着桂树的芳香
没有人知道
昨晚她去见了谁
但在她轻盈的心上
总是撩过一丝紧张

不曾改

追求不曾改
那追求
像涨潮时的大海
退了　还会再来

向往不曾改
那向往
如同身上的血脉
与生命同在

青春不曾改
那青春
改变的只是容颜
可那一颗心啊
永远与春花一样
——汹涌澎湃地开

让我们把手臂挽起

那久违了的桉树

亲切又熟悉

那久远了的薄雾

别有一番温馨与惬意

扶着岁月的栏杆

真羡慕鸿鹄

波光上一飞千里

也感慨青山

妩媚又雄奇　万古屹立

纵然心事像桨

搅起不尽涟漪

也别疏忽了

残冬赏雪　初夏听雨

即使阴霾去而又复返

也别错待了

生命葱茏　青春绚丽

如果面对这个

风景又风霜的世界
你的力量太单薄
那就让我们把
年轻又坚强的手臂
紧紧挽在一起

必须坚强

因为向往

所以选择了远方

因为无可依靠

所以必须坚强

在前路渺茫的时候

也不放弃希望

在孤立无援的时候

靠信念支撑前进的力量

再深的水也淹不死鱼儿

再烈的火也烧不死凤凰

只比苦难多一点

天空不会总是蔚蓝
道路不会总是平坦
生活中有一些不幸
我们必须面对
我的坚强并不多
只比苦难多一点

多一点　马就能穿过荒原

多一点　鹰就能掠过高山

多一点　骆驼就能找到甘泉

多一点　队伍就能跨越艰险

多一点啊　多一点
生命之花就能渡过寒流
开得无比绚烂

活得真

生命在夹缝中求生存
虽然渺小
却活得真

追求并不是梦

我们渴望心灵的宁静
却没有谁愿意活得无息无声
既然已经走出生命的黎明
那就干吧　并甩掉手中为防磕绊的灯笼

经过思索的追求　并不是梦
没有我们走不出的灌木丛
朝着阳光与阴影响亮地打个唿哨
不仅有表情还有心情

留一颗心给尊严

都市越来越繁华
我却不希望高楼遮住天
人心越来越难测
我却不希望冰霜盖住脸
脚步越来越急匆
我却不希望那都是为了钱
海风越来越强劲
我却不希望改变你我的容颜

高楼
留一片天空给大地
人心
留一份真诚给朋友
脚步
留一些从容给自然
我们
留一颗心给尊严

我并不孤独

我并不孤独
有忧伤为我祝福
走在梦一般的大森林里
我迷了路
眼前是一片轻柔的薄雾

阳光透过茂密的枝叶
心弹响金色的鼓

哪里是我回家的小径
问枝头的小鸟
也问脚下的泥土

并不在于

并不在于荒原

明天就能成为绿洲

并不在于心声

明天就能成为诗行

并不在于憧憬

明天就能灿若霞光

只要有一颗水晶一样的心和

永不泯灭的向往

有谁能够证明

我们只是星星

永远长不成太阳

青春的风

我不在乎多少梦幻已经成空
我不在乎多少追寻都成泡影
在春天的季节里　谁愿意是
醉生梦死　梦死醉生
山峰挡不住我　河流挡不住我
噢　一往无前
我是青春的风

我不满足已经获得的骄傲
我不满足已经赢得的光荣
在年轻的心灵里　谁不愿意
明明白白　清清醒醒
鲜花留不住我　掌声留不住我
噢　一如既往
我是青春的风

挡不住的青春

曾经有过那么多的惆怅
想起往事　令人断肠
我不知道
我的追求在何方
道路在何方
问风问雨问大地
却没有一点回响
岁月静静地流淌

可是谁甘心总是这样迷惘
可是谁愿意总是这样惆怅
我要歌唱
哪怕没有人为我鼓掌
我要飞翔
哪怕没有坚硬的翅膀
我要用生命和热血铺路
没有一个季节
能把青春阻挡

美丽的季节

这是一个美丽的季节
青春似花开遍了原野
风儿吹动着我们的思绪
思绪像飞舞的彩蝶
有过多少回忆和憧憬
蓝天你可像春风一样理解
有过多少故事和情节
飘落大地一片雪白纯洁
美丽的季节是年轻的我们
年轻的我们是美丽的季节

青春不承认沙漠

真没有想到
你也会忧伤
也会有一片愁云
罩上你晴朗的脸庞

你恋爱了
爱情很重吗
竟压得你
没了轻盈的模样

往前走吧
青春不承认沙漠
前面一定会有
清流在路旁

年轻真好

我们一同用心捧起晶亮的雨滴
我们一起用手挽住飘逸的长风
我们在春天的原野默默祝愿生命与永恒

那云朵的洁白是我们真挚的过去
那湖水的丰盈是我们蓄满的深情
那空气里激荡着的是我们露珠般闪烁的笑声

羡慕我们吗　二月还有十月
嫉妒我们吗　大地还有天空
我们为这个季节的烂漫深深感动
年轻真好　真好年轻

我就是我

每一个春天　都是送给花朵

每一个机会　都是送给你我

每一个明天　都靠今天把握

每一个成功　都蕴含着执著

我就是花朵　在春光里开放

我就是我　在追求中显出生命的本色

我喜欢绿色

我不喜欢灰色

我不喜欢故作深沉和冷漠

那不是潇洒　那不是性格

那强硬的外表下

包裹着的常常是软弱

我喜欢绿色

我喜欢生命的坚定和沉着

那是成熟　那是思索

那是不屈不挠　从容不迫的

——英雄本色

生命的堤岸

不论什么时候
我的失望
也不会无边无沿
令心事滂沱任泪水漫卷
海水可以漫过沙滩
却漫不过生命的堤岸
在追赶黎明的路上
走过多少崇山峻岭
便挥洒多少青春的
执著与斑斓

在这个年龄

在这个年龄
什么都值得记忆
无论哪一个季节走来
都是难忘的花期

在这个年龄
生长很多幻想
也生长很多忧郁
渴望像一株健硕的昙花
一朵朵醒来
又一朵朵睡去

在这个年龄
要哭你就尽情地哭
要笑你就尽情地笑
在这个年龄
不必太含蓄

还有一支春天的歌

有片草地我们都走过
有朵小花我们都记得
有个愿望我们都曾有过
有段往事我们都珍藏着

有过追求　有过失落
有过平坦　有过挫折
我们有过许多许多
还有一支春天的歌

我放飞雪白的鸽子

让我们成为朋友

请接受这遥远的问候

我放飞一只雪白鸽子

希望它早日

落在你的肩　托在你的手

有这个愿望

已经很久很久

真庆幸这一天

我找到了通向彩虹的渡口

我的朋友

友情不只在风中雨中

还在蕙草迎接晨曦

天空结满星斗

请听我说一句话

你为什么这样矜持
也许　你渴望春天
可又担心
春天会带来风沙
你为什么这样害怕
也许　你习惯了春天
惟恐　有一天
春天会像飘逝的云霞
友人　请听我
说一句话
睁大眼睛
不如举起火把

一双含泪的眼睛

一双含泪的眼睛
让我的心烟雨迷蒙
朋友　你即使受了委屈
也不要消沉
埋怨命运不公平

一双含泪的眼睛
让我的心落叶飘零
朋友　你即使受了打击
你也要挺住
要同这个世界抗争

一双含泪的眼睛
让我的心有说不出的痛
朋友　我默默地为你祝愿
有那么一天
你会万里鹏程

图书在版编目（CIP）数据

汪国真经典代表作.Ⅱ/汪国真 著.-- 北京：作家出版社，2017.7（2022.7 重印）

ISBN 978-7-5063-9612-7

Ⅰ.①汪… Ⅱ.①汪… Ⅲ.①诗集-中国-当代 Ⅳ.①I227

中国版本图书馆CIP数据核字（2017）第186373号

汪国真经典代表作 Ⅱ

作　　者：	汪国真
统　　筹：	张亚丽
责任编辑：	秦　悦
装帧设计：	语可书坊·于文妍
出版发行：	作家出版社有限公司
社　　址：	北京农展馆南里10号　　邮　编：100125
电话传真：	86-10-65067186（发行中心及邮购部）
	86-10-65004079（总编室）

E-mail:zuojia@zuojia.net.cn

http://www.zuojiachubanshe.com

印　　刷：三河市紫恒印装有限公司
成品尺寸：125×188
字　　数：80千
印　　张：6.75
版　　次：2017年8月第1版
印　　次：2022年7月第4次印刷
ISBN 978-7-5063-9612-7
定　　价：39.80元

作家版图书，版权所有，侵权必究。
作家版图书，印装错误可随时退换。